나무늘보의 독보

권영해 시집

서정시학 시인선 226

서정시학

나는 알 속에서
바깥의 미세한 소리에도 귀를 열고,
잠시 길을 잃고 헤매는 세상을 위해
난중일기卵中日記를 쓴다

서정시학 시인선 226

나무늘보의 독보

권영해 시집

서정시학

시인의 말

『나무늘보의 독보』는 지난 5년간 내가 체험한 것 중
에서 유의미한 것들을 추려내어 가슴에 다시 한번 여
과하여 엮어놓은 삶의 기록이다.

'어떻게 살아야 할 것인가?'라는 물음에 대한 최소한
의 인문학적 대답을 시라고 한다면, 이번에 형상화하
고자 한 개인적 삶의 방식들이 '우리' 것으로 확장·공유
해도 손색없었으면 하는 바람이다.

독자들은 내 마음을 읽고, 문명의 크기와 방향·속력
사이에서 상실해가는 것과 간직해야 할 것이 무엇인지
를 생각해 봤으면 한다.

시집 출간에 도움을 주신 최동호 교수님, 문영 선생
님, 권성훈 문학평론가님 등 모든 분께 감사드린다.

2024년 10월
방어진 우거寓居에서
권영해

차 례

2부

3부

4부

1부

독보적

걸음걸이 하나 걸작이다

이렇게 느린 것이
하나의 생애일 수 있다니

그의 삶은
늘 실험적이고
한 걸음 한 걸음이 바로
스펙이 된다

그의 결심에는 진부함이 없다
독특한 발걸음마다
디테일한 질주 본능이 느껴진다

나아가려 할수록 지키고 싶은
그 마음은 늘
독보적!

나무늘보는

지금 기량이
절정이다

나는 점점 노골적이 되어간다 3

후회는 늘 뼈가 아픈가?
반성은 왜 뼈가 저리도록 해야 하는가?

세파를 견디는 힘은 뼈로부터 나오고
이 세상 모든 맛도
뼛속 깊이 스며 있다

'노골적露骨的' 속에는 늘 회한이 있고
참회를 삶고 끓이면
뼈가 드러난다

등뼈 사이로 푸른 바다가 보이는데
단합을 과시하며 잔뼈가 굵어지던 그때

졸지에
골병든 세상에 나와
축적했던 골밀도를 우려내며
단·짠·쓴맛 고스란히 쏟아내니
오늘 요리의 골자는

후련하고 홀가분한
분골쇄신탕이다!

멸치도 저렇듯
뼈째 마음을 드러내는데
난 아직도
뼈에 사무친 뜨거운 말 한마디
만들지 못했다

길 위의 자서전

길 위에서
한 연체동물의 흔적을 발견하였다

세상을 향한 그의 외출은
사람들의 발길 아래 뭉개졌다

배를 밀며 길을 나선 마음이
몸을 견인해 나가는 방법을
잘 안다고 믿었으리라

콤비롤러가 아스팔트를 누비며 납작하게 다지듯
한 걸음 한 걸음
세상과의 공감대를 형성하려 안간힘을 썼지만,
이슬 젖은 생애를 다 표현하기도 전에
정리 덜 된 자서전의 초간본을 남기고
그는
스스로 길이 되었다

집 한 채 없이

온몸으로 버텨나가던
민달팽이의 유고에 대한 진상규명은
그리 필요치 않아 보인다

복받치는 그의 발길을 다 받아주기에는
세상도 이제
힘들어 보인다

쇠똥구리 1

길에는 이유가 없고
마음에는 까닭이 없다

무념무상
모든 욕망이 사라지는 곳
히말라야

세상은 속이 깊어
끝도 시작도
크기도 없는
무변광대한 심연

타르초*,
타르초 흔들리고
오체투지로 세상을 굴릴 때
바람은 경전을 읽고
티베트는 옛날처럼 고여 있다

---

*타르초: 티베트 불교에서 경전을 적은 오색 깃발.

마음은 비우고 몸은 낮춰

높은 곳

샹그릴라**에 오른 순례자

너덜너덜해진 가죽 앞치마 바투 여미고

석 달 열흘 누벼온 길 위에

펄럭이는 마음

엎어놓는다

** 샹그릴라香格里拉: 전설의 땅 지상낙원을 비유적으로 가리키는 말로 북인도와 티베트 사이에 있는 장소라고도 알려져 있다.

나는 구두를 잃어버린 적이 있다

저녁 친목 모임
식당에서 나오는데
내 구두는 보이지 않고
낯선 신발 한 켤레만 남아 있었다

지난날 나는
숟가락을 잃어버린 적이 있었는데,
그때 내 숟가락을 가져간 사람을
찾아낸 적이 있고
이번에도 심증 가는 데가 있어서
안심하고 남은 구두를 신고 귀가하였다

다음 날 아침에 밝혀진 바는
종업원이 정리한다고 신발장에 넣어놓아
내가 먼저 남의 신발을 신고 나왔다는 것

허름한 가죽 아래 밟아온 내 길에는
굴욕도, 영광도 하나의 이력이지만
무게를 감당하며

밑바닥을 살아가는 구두 하나가
타박과 편견에 사로잡힌
인생에 가르쳐준
훈수가
가슴을 후려친다

공책의 전설

공壭과 책冊 사이에
세상이 있었다
공과 책 사이에
주장이 있었다

공과 책 사이에서
바람이 눈을 뜨고
그 틈으로 해가 졌다

공책을 열면
무한히 펼쳐지던 시간과 공간의 기억

공壭이 모든 것의 포식자였을 때
공工이 되고, 공功이 되어
선의의 스폰지처럼
모든 것을 받아들였다
효자손이 되어
가려움을 긁어주었다

공책은 무정란이 되고
벌도 사라지고, 바람도 눈을 감아
설렘은 불가능하고
수정조차 되지 않는 세상은
상상력을 잃어가는 것보다
무미건조한 일

지금은
책이 공 밖으로 사라진
피폐해진 21세기

독보적 4

줄 위의 삶

노련한 대가가
작두를 타고 있다

심혈을 기울여 직조한 그물 위에서
위험을 즐기는 그의 보행법
어름사니*보다 숙련된 발걸음이
허공과 지상 사이에서
마에스트로처럼 당당하다

현란한 비상을 과시하는 자들은
날개 없는 그를 만날 때
일순 경악한다

싸우지 않고도 이길 전략으로
전광석화, 일순간에 펼쳐지는
눈물겨운 잔혹사

---

* 어름사니: 남사당패에서 줄을 타는 사람 가운데 우두머리.

우아함을 뽐내는 보폭이
어깨너비보다 거룩해 보이는
무당거미,
흔들리는 씨줄 날줄 위에서
망나니처럼 런웨이를 활보하는
이기적 각선미가
쓸쓸하다

쇠똥구리 5

철학자를 만난 적이 있다

그의 일과는
지친 세상을 샅샅이 뒤지고 다니며
우리가 무심코 파양한 것들을 수거하여
쇠의 속내를
철두철미 꿰뚫어 보는 일

철부지 같은 세상을 견디려면
어둠을 더듬어 뜨거운 눈물을 캐내는
약간의 냉철함이 필요하고
몸집보다 큰 쇳덩이를 굴릴 줄 아는
더 큰 만용이 요구된다

세상에서 버림받은
쇠의 근육이나 뼈대는
잡동사니 속에서도
쓸모있는 것으로 고스란히 살아 있다고
철석같이 믿는 구석이 있어,

오늘도 그는
둥글둥글 쇠를 말면서
순례자처럼 세상을 주유한다

은둔 중인 고물을 보물로 살려내는,
철딱서니 있는 철학자鐵學者를
나는
만난 적이 있다

바퀴 아래의 생 2

유연함만으로 세파를 헤쳐나가기에는
전략이 부족했던 어린 중생 하나,
속력이 필요 없는
느긋한 고향 마을 안 길 위에
하염없이 누워있다

박명이 드리운 농번기 시골의 새벽
문명의 이기가
흉기로 변해버린 상황 앞에 무력했던 존재,

구불구불 기어가다가
어리석게도 길고 긴 몸
펼칠 새도 없이
일순에 행적이 멈춰버렸다

농부보다
무슨 바쁜 일 있었기에
그리도 미련하게 속도를 즐겼나
왜
한 바퀴를 극복하지 못하고
'ς' 모양의
미스터리한 족흔만 남기고 열반했을까

영혼이 날아가 버린 새끼 뱀 뒤로
타이밍도 기막히게
장엄한 태양이 솟아나는 시간,
그에게 네 발이라도 있었다면
구사일생했으리라고
굳이
사족蛇足을 달고 싶지는 않다

무쇠 장군의 퇴역

장수의 군화 밑창에 구멍이 났다

긴 세월
불평 한마디 없이
터벅터벅 행군해온
역전의 용사

찌고 삶고 데치던
닳고 닳은 세월 동안
가슴에 상처 난 노병이
영예롭게 퇴역했다

구수한 된장으로 발효시킬 메주콩도 삶고
다디단 조청도 고며
쇠죽까지 끓여내던
팔방미인

철저한 무쇠 정신으로
어깨에 뜨거운 짐을 지고

우리 대가족을
뜨시게 한솥밥 먹여 살리던
오래된 가마솥

증조모 때부터 어머니를 거쳐
고향 집 사랑방 아궁이에 걸려
회갑이 지나도록
온몸으로 헌신했던
무쇠솥 하나

쓸모 있는 역할 다하고
늠름하게 은퇴했다

민달팽이

등짐 벗어던지고
더듬이 덜렁거리며
제 갈 길 간다

무덤덤하게
갈 길 간다
제 길 간다
길 간다
간다

내 갈 길 간다

촉각을 곤두세운
세상이 먼저
안달이 난다

걱정 2

첨添과 삭削 사이에서 고민하다가
또 '첨'을 하고 말았다

초보 요리사가 맛 내려고
대중없이 감미료를 첨가하는 것처럼
중언부언하고 말았던 것

시를 쓰는 것은
악덕 기업 사장이
불경기에 월급 삭감하듯
단호히 덜어내야 하는 창작 행위
때로는 무자비하게 구조 조정하는
거두절미의 결단이 필요하지만

과감히 깎아내다가
독자들에게
내 마음이 충분히 전달되려나
늘 조바심이 앞선다

강, 연어가 되다

돌아온다는 것은
애초의 마음이다

거친 물살을 헤치고
벅찬 그리움이 역류할 때
지워진 물맛 찾아 유영하며
퍼덕임 하나로
어머니의 품을 파고드는
낯익은 메시지

형상기억의 힘을 믿으므로
자신감은 엔진이다

파도의 결을 따라
아가미로부터 지느러미까지
베링해의 노을빛에 물든
연어의 붉은 근육이 출렁일 때,
강 끝에 방류한 치어의 살랑거림은
북태평양의 세찬 해류를 거스르고
모천회귀의 대장정을 완성한다

초심으로 돌아오면
무엇이든
연어가 된다

독보적 5

속 터지는 그의 행보는
언제나 독특하다

나무의 관상동맥을 그러안은 시간은
급행의 세상살이에 대한 성토,
자기성찰의 시간을 확보하고
내일에 대처하는
처세의 로드맵

질주하기 전
무한정 성장판을 열고
나무명에 탐닉한 고수의 출구전략

울분도, 조급함도 가벼이 던져두고
세상과 교신하는 슬로우 라이프
오래도록 세습된
몸서리치는 느긋함이
그의 좌우명이다

나무늘보는 아직도
느릿느릿 고심 중이다

1μg의 감성마저 제거한 '깊이'의 도량형적 정의

1. 겉에서 속 또는 위에서 아래까지의 길이
2. 사람이나 어떤 대상이 지니고 있는 충실성이나 무게

독보적 3

그는 늘 확고한 소신이 있다

여전히 자신이 디테일하다고 믿는 것
심사숙고하는 관습에 얽매여
세상을 깊이 이해하고 있다고 여기는 것

나무늘보의 독보는
홀로 걸어가도 외롭지 않은 것
하늘 위로 오르려 안간힘을 쓰는 것은
높이를 섭렵하려는
속 터지는 자작극

바람도 이슬도 떠나고
이파리도 가지와 결별한 겨울
나무 부름켜를 얼싸안고
독특한 처세술로 땅과 교신하며
과감한 자기애를 과시한다

하여

나무늘보는
낙오하는 일이 없다

난해한 뒤태를 보이며
숙성된 메시지를 생산하는 그는
속도를 버리고 방향 하나로
우주의 모든 것과 내통한다

2부

던지기탕

어쭙잖은 문청 시절에는
여기저기 기웃대며 원고도 던져보고
젊음이 겁 없을 때는
부조리한 세상을 향해
치기 어린 돌을 던질 때도 있었다

개울가에서 무심코 던지던 것도
물수제비지만
서민 먹거리 던지기탕은
좀 더 숙성된 시간이 필요하다

물속에 풍덩!
빠지기 전의 식자재들
대파, 다시마, 마늘, 멸치 같은
뻣뻣한 생각들이
펄펄 끓어 하나 되는 양은 냄비에
화룡점정으로
반죽한 마음을 한 땀 한 땀 던져 넣는다

세상이 우리를 던지든
우리가 세상 속으로 뛰어들든
다 같은 것이지만

무언가 마음 놓고 던질 수 있다는 건
알량한 생각을
받아주고 어루만져주는
속 시원한
카타르시스가 있기 때문이다

배은망덕이 고맙다

등산로 초입에서 만난,
어미 잃은
새끼 고라니 두 마리

겁먹은 눈망울과 맞닥뜨리고,
잽싸게 스마트폰을 찾아
안주머니에 손을 부스럭거리는 순간
녀석들은 고개를 홱 돌려
능선 쪽으로 달아나 버렸다

야생동물 재활 치료사에게 들었다
정성껏 보살펴 준 동물을 방사할 때
뒤도 돌아보지 않고
숲으로 달아나는 것은
섭섭하지 않고 고마운 일

야성을 회복하려면
배은망덕이 최고의 미덕이라는 것

그날
생면부지의 만남에
눈 깜짝할 새
생이별한 게 고맙다
천만다행이다

2024, 광수 생각

내 시를 읽고 감동받아
인생을 되돌아보게 되었다던
광수가 생각나네

'나는 내 귀 사이즈에 욕심을 좀 내야 할 것 같다 가능하다
면 귀가 입보다는 0.1cm라도 더 커야 하지 않을까 생각한다
경청보다 발설에 더 많은 시간을 할애했던 과거에 대한 예
의가 필요하기 때문이다'

하찮은 시 한 구절이
누군가의 가슴 한구석에
떨림을 준다면 다행이지

박진감 넘치는 축구 경기에도
유효 슈팅은 몇 개 안 되고
프로야구 타자도 3할대라면 성공한 거라는데
내 시 100편에
세 편이라도 안타 쳐서
3푼대 시인이라도 된다면 좋으련만

늦은 밤에 집 앞으로 날 불러내
맥주 한 잔 따라주며
자신의 삶 성찰하게 되었다고
나를 감동시켰던
광수

다시는 만날 수 없는
감동쟁이 광수가
문득 생각나네

역지사지

언젠가
남의 보금자리에 내 짐 맡겨놓고
멋대로 놀다 온 적이 있다

다른 이가
주위에 머물면서 치근덕거릴 때
괴롭고 힘들었는데
나도 뻐꾸기처럼
붉은머리오목눈이나 개개비 둥지에
알을 던져놓고
얄밉게 부화를 기다려본 적은 없나

원주인인 개개비의 알을
둥지 아래로 떨어뜨리고
구차한 삶을 도모하지는 않았는가

알고 보면
본의 아니게
다른 집에 세 들어 산 적이 있으니

신세 지거나
민폐를 끼친 적은 절대 없다고
지나친 장담은
늘 무모한 일이지

별 사냥

별을 관측하기 위해
고비사막으로 내달렸다

외몽골에는
통신이 원활하다

세상 소식으로 번잡한 인터넷보다
우주로의 유니버넷이 잘 터지는
자작나무 숲이나
게르와 게르 사이에서는
발품을 팔아 직접 기별하면 된다

울란바토르의 밤하늘과 교신하는 동안에는
모든 감정을
별과의 소통 하나에만 집중할 수 있다

밤이 깊어갈수록
길잡이별과 국자별은
가을 귀뚜라미 눈처럼 초롱초롱해지고

마두금을 타는 소년이
휘파람 소리 같은 흐미*를 부를 때
마유주를 마시며
별을 사냥했다

아득히
바이칼호로부터
칭기즈칸 병사들 말발굽 소리가 들리고
부킹이 잘 된 별들은
날이 밝도록
몽골 초원의 지평선 위로
눈물 똥이 되어
느리게 떨어져 내렸다

---

* 흐미: 혀와 입술을 움직여 입안의 모양을 바꾸면서 배음 중 특정한 음을
걸러내어 커지게 하는 몽골의 전통 창법.

읍천항에서

암릉巖陵의 성장통이 태고부터 지속하여
파도는 절규하고 세월은 무심한데
바람은 지고지순의 상상력을 축적한다

골다공의 마음들이
벼랑 위를 서성이며
뜨거운 다짐으로
골밀도를 다질 때
사무친 바람 무늬는
한 시대를 풍미한다

견딤과 기다림을 함유한 가슴앓이
바람[風]은 바람[望]인 듯 부챗살을 그려내고
심장을 담금질하는, 펄떡이는 저 파도

시詩답잖은 이야기

詩방
세상이 모두 시였으면 좋겠어

우선 아침을 직詩하자 의욕이 창궐하는 잠詩, 오늘도 詩끌
벅적 하루가 詩작되는구나 곧 깨닫거니 섹詩한 세상에 詩답
잖은 일로 詩詩때때 상실감이 밀려온다

詩 까짓것, 詩련이 닥쳐도 詩름이 있어도 詩치미 뚝 떼고
애써 詩큼털털하게 농짓거리라도 해 보지만 마음이 詩리구나

다섯 詩, 여섯 詩 술詩에도 시 좀 챙겨야지 詩간을 좀 끌어
보리라 다짐해 보지만 매사에 詩詩한 이런 생활

詩건방진 놈들 때문에 시들이 詩종일관 詩들詩들하다 詩
끄러! 그래도 아직까지 진심이 전해져야 하는 곳에는 언즉
詩야라

~적的에 관하여

출판행사 뒤풀이에서
K 소설가가 말하는 것을
엿들은 적이 있다

"시인은 '인간적'이라는 말보다 인간성은 개차반이더라도
시를 잘 쓴다는 말을 듣는 것이 '시인적'이어서 더 큰 칭찬일
수 있다"

다시 생각해 보니
의욕보다 의욕적이 더 의욕이 있는 듯하고
고의보다 고의적이 더 고의 같다
극보다 극적이,
드라마보다 드라마틱이
비교적 더 실감난다

계산엔 젬병인 내가
계산적이기도 한 걸 생각하면
사이비 같은 '~的'은
아무 데나 갖다 붙여도 용서받는
편의적, 두루뭉술적 접미사

이것이 바로
합목적적이든
불멍, 물멍, 숲멍……처럼
맹목적이든
'~적'의 가치가 적중하는 지점

전쟁터 같은 인간사에는
전략적 모호성이
편리할 때가 있다

쇠똥구리 7

온 정성을 다해 건축한
집 한 채가
끌려가고 있다

도중에 나타난 경쟁자와 결투를 벌이느라
소똥 더미에서 커져 버린 과욕 덩어리가
많이 훼손되었다
요행히 다시 낚아채고 폼나게 굴리다가
뾰족한 나무꼬챙이에 걸려
낭패스러워 한다

가정을 꾸리고
제 새끼를 부양하기 위해
빵 삼아, 이불 삼아 굴리는 희로애락은
쇠똥구리에겐
집이 되기도 하고
짐이 되기도 하지만
네모난 지구를 둥글게 말아가는
힘만 있으면 된다

가치로움과 부질없음이 모여
세상이 굴러간다

용궁역*에서

떠나야 하는 것은 떠날지라도
머물러야 할 것은 머물러야 하리

그 흔한 기적 한마디 없이
삼강 나루터를 향해 선 철마
비룡산 흘러내린 끝자락 잡고
내성천 돌고 돌아 회룡포 사랑
메별袂別의 슬픈 사연 너는 아느냐

속 깊은 용궁역 플랫폼에서
야속하게 떠나가는 김천행 동차
마음은 썰어놓은 순대처럼 끊어지고
부엔 까미노**Buen Camino!
이별의 깃발 흔들 역무원조차 없는
안타까운 경북선의 지친 간이역
기차는 꼬리를 감추며 사라지는데
명맥만 유지하는 외줄기 철길 따라

---

* 용궁역: 경북 예천에 있는 간이역.
** 부엔 까미노: 스페인어로 Buen은 '좋은', Camino는 '길'의 뜻으로 '즐거운
  여정이 되기를'을 의미한다.

'토끼간빵'만
내 마음을 지키고 있네

난중일기卵中日記 2

관행적 밀집 사육을 즐기던 세상은
난생처음
인공지능 AI와 이란성 쌍생아인
조류독감 AI에 걸려
인간들의 식사판이
난장판이 되었다

난감해진 주부들은
성한 달걀 한두 알이라도 구하기 위해
이리 뛰고 저리 뛰며 난리법석,
난수표 같은 전대미문의 난각번호까지 판독하며
생난리다

감금틀 속에서
흙 목욕 한 번 하지 못해
시커메진 닭(Dark)들은
급기야 살처분을 거부하고
난세卵世의 영웅처럼
광장 속으로 달려들었다

삼보일배에 연좌농성까지 감행한 산란계들은
빠른 해결을 요구하는 시민들의 성화에
난처해진 경찰들과 대치하다가
동물 복지와 생태적 축산 정책을 촉구하는
시국선언문을 낭독한 뒤
어디론가 끌려갔다

세월이 문제를 조금씩 해결하는 사이
다시는 닭의 알로 태어나고 싶지 않은
계란들이
국민 반찬의 명성을 지켜내기 위해
스스로 프라이팬으로 뛰어들었던
눈물겨운 시절이 있다

수담

세상의 입들이 많이 지쳤으니
이제 손으로 말 좀 해 보자

수담手談을 하는 것은
마음을 읽는 일
손가락 끝에 전해지는 차가운 섬세함으로
행간의 의미를 꿰뚫고
경우의 수를 예측하다 보면
좋은 수가 생길 수도 있다

이곳에서
양보는 미덕이 아니다
손 쓸 시간이 충분하지 않다고
서두르면 덜컥수가 될 것이고
내 수가 약하면
상대방을 괴롭힐 수가 없으니
머리를 내밀고 어깨를 짚은 뒤
잽싸게 빠지는 것도 괜찮은 수법手法이다

우리들의 행마법은 제법 과감하여
비굴하게도 한 수로
상대방을 떠보기도 하고
승부수도 노림수도 꼼수도 써 보지만
자충수나 무리수가 되는 경우가
많은 법

발이 좀 느려도 수순이 중요하지
실수를 줄이려다가
악수를 둘 우려가 있으니
가벼운 행보가 필요할 때는
일단 선수를 치자
시작이 반이라 했으니
착수가 중요하다

그래,
묘수가 떠오르는구나

지금이
결단의 시점이다

낙마에 대하여

낙화는 꽃이 떨어지는 것이다
낙과는 과일이 떨어지는 것
낙수는 물이 떨어지는 것
낙조落照는 태양이 지는 것

낙마는
사람이 말에서 떨어지는 것
하마평에 오른 자가
공보다 과가 커서
말이 등을 내어주지 않는 것이다

서역의 유목민은
태어나서 말을 타면
죽어서야 말 등에서 내려온다고 하고
지난날 백락伯樂은
명마인지, 준마인지, 노마인지
말을 잘 알아보는 자였다

오늘날

말을 타서는 안 되는 자를
눈 밝은 백성들이 다 가려낸다

말에서 떨어진 자는
다시 말에 오르지 마라

동백꽃 질 무렵

청춘,
일시에
서둘러 지나가 버렸으니
열정만 있었는지
고뇌는 없었는지
굴욕도 많았는지

붉게 그을린
세월에 대한
올바른 이해를 위해
비디오 판독(VAR)을
정중히
요청합니다

벌의 실종

밀양얼음골사과발전협의회는
끊임없는 협의를 통해
사과의 발전 방향을 정한다

소비자는 협의회의 입장과
얼음골의 입장
사과의 입장
발전의 입장을 감안하여
세상을 보아야 한다

얼음골사과발전협의회는
깊이 논의하여
얼음의 결빙 강도와
얼음골사과의 발전 범위를 조절한다

사과발전협의회는
밀양을 발전시키고
얼음골을 발전시키고
사과발전을 발전시키고
발전협의회를 발전시키고자 한다

그러나 지난 시절,
우리는 무언가 잃어버린 적이 있으니
지금 가능한 것은
사과 구매 시에
고작
중량과 내용물을 확인하는 일일 테지만

밀양얼음골사과발전협의회는
오늘도
새벽 일찍부터 회의를 하고…

'직립 보행을 하며 사고와 언어 능력을 바탕으로 문명과 사회를 이루고 사는 고등 동물'이라는 건조한 의미의 '인간'이 함유한 배타적인 성분에 대해 '인간'이 내린 사전적 정의

인간1[人間]

(1)...

(2)...

(3) 일정한 자격이나 품격 등을 갖춘 이

(4) 사람의 모습은 하고 있되 사람답지 못하다는 뜻

3부

봄은 경력사원 23

꽃바람 일어나는 봄 향기의 발상지 거제로부터
밀원蜜源을 찾아
국도 5호선을 타고 북상하다
춘천에 다다르니 여전히 봄이다
세상이 이다지 좁다면
그렇게 서두르지 말걸

석 달 내에 안 거쳐온 구석이 없고
피고 지고, 지고 피는
애틋한 것들과 이별할 때
참아야 하는 눈물은 아직 남았는데
올해도 허둥지둥
너무 갈팡질팡하며 살았구나

다시 벌통을 챙겨
더 갈 수 없는 곳까지 왔으니
이쯤에서 성숙해져야 하지 않나

피어난 것들은 지나가고

보내야 할 것들은 놓아주자
먹고사는 일이 고달프지만
다음 보릿고개 때까지
마음 흔들리지 않으려네

일기 화창하여
윙윙대는 벌 날갯소리에
심장이 너무 나대기 전에
잠시
브레이크 타임

자목련이 지던 날

넉살 좋은 아가씨
파안대소하다가
거두절미
뚜욱…
폭탄선언

얼마나
가차 없었나
얼마나
짜릿하였나

선언이 난무하는 세상
그냥, 툭
던지고
꿀꺽 삼키고
가슴
철렁, 하다

오래도록 반가사유하니

꽃 진 의미
더 깊어지다

쑥부쟁이

그래도
빼꼼
날 바라봐 주는
사람이 있다는 걸
알았다

너는 나를 싫어하는데
그만큼
난 네가 점점 더
좋아지는 걸 어떡해

이 나쁜 놈

동백, 지다 3

이별은 통보하는 것인가
선언하는 것인가

널 만난 후
내 가슴엔 온통
단호한 가시가 자리 잡았다

지나간 생애보다 여생이 긴
그리움
그래도 넌
그렇게 심각해 보이지는 않구나

비장한 자기 최면으로
이룰 수 없는 사랑의 황홀경에 빠져
가슴앓이에 탐닉하게 되었구나

이제야 비로소
왈칵!
눈물이
쏟아진다

봄은 경력사원 14

봄은 일찌감치
저작咀嚼 활동에 들어갔다

올해 간행될 봄호의 출간 의도는
산삼 뿌리보다 값진
제철 잠언을 배양하기 위해서이다

깊이 칩거 중이던
꽃들의 근황이 게재되고
인생에 씨앗이 되는 말들이
더 많이 수록될 예정이다

풀뿌리를 씹듯이 음미하다 보면
곱씹어 볼 만한 세상살이가
시련에서도 단맛이 나리라

오래된 청춘에게 판권이 있는
이번 호는
초판본 이상은 발행하지 않는다

봄은 경력사원 17

씨방 하나에는
춘하추동이 다 있다

꽃은 대승적 차원에서 최선을 다했다
피어나야 할 때와
피어있어야 할 때,
져야 할 때를 정확하게 표현한다

그의 존재 이유는
원숙미 넘치는 관록으로
능수능란을 자랑하는 것

설렘의 힘으로 봄은 왔지만
낙화는
의미심장하다

스스로 와해하지 않기 위해
개화의 힘을 몰아
낙하력落下力으로 변환하여

위치에너지를 폭발하고
다시 문명을 꽃피우기 위해
자신을 버린다

잠시 눈을 감으니
꽃 지는 명분은 비교적 쉽게 읽힌다

봄은 경력사원 18

유기농 시들은 병충해에 취약하다

봄은
유통단계가 비정상적이고
일기까지 불순하여
구독하는 사람들이 급감했다

수고와 진심이 깃들어 있는 땅에서
생산한 시들이지만
언제부턴가 뿌리부터 시들시들해지고,
조생종 시를 파종한 밭뙈기는
출하 직전에 갈아엎었다
재고로 쌓여있던 철 지난 작품들도
대부분 폐기처분 해버렸다

개화의 설계자이며
낙화의 발주처인 봄은
이상기후에 강한 시를 꽃피우기 위해
백방으로 노력하고 있다

씨방의 영구한 계승을 위해
낙상과 손가락질을 거름 삼아
맷집을 더 키워나갔으면 한다

봄은 경력사원 19

올해도 어김없이
공약을 남발하는 봄이 도착했다

꽃눈이,
들끓어 오르는 욕망을 주체할 수 없어
목놓아 가슴을 터뜨려 버렸다
샅샅이 불태웠다

동백은
동시다발로 봉기하는 대자보
비겁과 만용이 충돌하는 사춘기가
구석구석 방방곡곡
싱숭생숭 피어난다

온통 청춘으로 흠뻑 젖어
갱년기라곤 없는 넉살 좋은 놈
영원히 끝날 것 같지 않은
위태위태한 봄이
오기도 전에

또
가고 말 것이다

치고 빠지기가 미덕인
이즈음에는
억지만이 살길이다

봄은 경력사원 20

우리나라의 봄은
해마다 자신을 갱신하고자 애쓰지만
매뉴얼에 따라 움직이므로
커리큘럼이 다양하지 않다

그러나
성급한 꽃들은
저마다 주옥같은 욕망을 터뜨리며
역량 계발이 한창이다

꽃의 피고 짐은
무소불위의 자랑질에 주술처럼 빠져버린
봄의 전매특허

봄은
좌충우돌 흥청망청
다투어 피어나는 전쟁터에서
독자노선을 걸을 것인지
합종연횡할 것인지
심사숙고할 것이다

늘 꽃길만 걸을 수는 없겠지만
생각보다 호락호락하지 않은
널 테이크아웃하고 싶다

봄은 경력사원 21

나는
비장한 각오로
전쟁에 나가듯 시를 쓰는가
아니면
두려움으로 너를
겨누는가

관습에 얽매여 부부싸움을 하듯
치열하게, 혹은
애틋하게 너를 바라보는가
이웃을 헐뜯듯이
진정성을 다해
시를 건드리는가

책갈피 끼워둔 공책을
메모하려고 펼치니
쪼끄만 거미 한 마리 꼼지락거려
황급히
덮어, 눌러 버린다

동백이 피려는지
오늘은
온 삭신이 쑤신다

봄은 경력사원 22

봄을 여왕으로 옹립하려는 시도가
곳곳에서 감지되고 있다

벌들은 로열젤리를 확보하기 위해
멸종해가는 밀원을 뒤져
꽃들을 강제로 징발, 차출하고
평생 갱년기 없이
사춘기만 진행되는 봄을
세상에 엎질러 놓았다

어명은 여전히 지엄한데
무방비 상태로 낙점된 꽃들이 뒤섞여
시샘과 질투로 얼룩진 내명부에는
철없는 일벌들의 하극상이 난무하고
어전에는
여왕벌의 총애를 받기 위한
수벌의 활약이 눈부시다

발칙미 넘치는 불장난이 지속되는
곡우 근처

봄은 이미 끝자락인데
세상은
골고루
너무 뜨겁다

꽃은 민,들레

가냘픔은
좀 허언증이 있어서
아지랑이처럼 아른거리는 건지
신기루처럼 피어오르는 건지
조용히 몸을 펼쳐보기도 하는 것인데

그래서 꽃은
우쭐대는 마음으로
벙근다든지
부풀어 오른다든지
상상한 것을 구현하기 위해
비눗방울처럼 몸을 터뜨리기도 하는데

열기구마냥 둥둥 떠다니다가
본심을 통제할 수 없어
부메랑처럼 날렵하게 돌아와서는
급격히 솟구치기도 하는데,
때로는 소문의 진상을 좇아
빙글빙글 몸부림치면서

낙하산이 되어 꼿꼿하게
내리꽂는 재미를 누릴 때가 있다

세상은
백성들 마음 같지 않다

봄은 경력사원 11

홈쇼핑에서
내년 봄을 판매 중이다

제 몸보다 긴
여생을 더 보내고
끝없이 회춘하는 이 상품은
구매하고 싶어 안달이 난 자들에게
일종의 전횡을 일삼고 있다

그는
일관성 있는 고집과 결부된
습관적 행위를 반복함으로써
일찍이 지존의 반열에 올랐다
향유하는 바
단호히 노선을 전향하지도 않고
궤도를 이탈하지 않는 언동은
남다른 안목을 바탕으로 하므로
절대 지루하지 않다

그는 인상착의가 한결같아 보이지만
나름대로 독특하고,
그에게 바치는 헌정시가 엄청나지만
과시욕을 조절함으로써
늘 청춘을 유지하는데,
그 비결에 관해서는
비공개를 원칙으로 하고 있다

봄은
완판이 임박해 있다

봄은 경력사원 12

잠시 방심하는 사이
훅!
치고 들어오는
저, 봄

그는
기량을 한꺼번에 발휘하려다 보니
진정성이 결여되어
비난받을 때가 다반사지만
해마다 역량을 강화하려 애쓰는 걸 보니
프로페셔널한 구석이 있기도 하다

늘 직설적이고
지탄 받을 태세가 되어있는 그는
훅!
카운터 펀치를 날릴
준비가 되어 있다

미숙한 척, 할 일 다 하는
봄은 다 계획이 있다*

---

* 영화 '기생충'중에서.

'겉으로 드러나지 않은 마음의 속을 비유적으로 이르는 말'이라는 정의에 부합하고, 극소의 주관적 판단도 배제한, 근골격계 부위를 지칭하는, 두 개의 실질형태소로 이루어진 통사적 합성어

  뼛속

동백, 지다

피는 것도 지는 것도 하나의 고뇌이거니
집착이나 해탈이나 종이 한 장 차이라며
온 힘을
다해 떨구네
불꽃보다 뜨거운 눈물

버리면 버릴수록 설레는가, 떨리는가
단호한 이별 통보에 소름이 쫙 끼치네
저토록
심금 울리는
상처는 또 하나의 장르!

4부

돈오頓悟

이 세상 만물 중에 제 목소리로 경전을 외지 않는 것이 어디 있으랴.

매미는 여름내 나무 꼭대기에서 위태로운 순애보를 쓰고 부엉이는 어둠 속에서 은둔자처럼 글을 읽는다 개구리가 목젖을 부풀리며 세레나데를 읊을 때 쥐들은 창고를 털면서 찍찍 자신을 교화하고 벌들은 윙윙대며 겨우내 일용할 지식을 축적한다
그중에서도 사시장철 거침없는 저 햇살과 바람 소리는 벼를 익게 하고 시냇물은 한결같이 흐르며 송사리를 키운다 귀뚜라미의 은은한 독경 소리가 가을밤을 애틋하게 할 때 컹컹 집 지키는 개소리 속에 깨달음이 있도다

삼라만상의 소리를 도청하는 자들, 돈 들이지 않고 거저 대자연의 가르침을 청취한다

일광산 장안사 척판암의 해우소 깊은 극락 속으로
곰솔 끝을 기어오르다가
비구니 목탁 소리에 놀란
청설모 똥 떨어지는 소리 들린다

개판 오 분 전

그 치열했던 6·25
부산 국제 시장 근처
피난민을 위한 무료 급식소

배식하기 위해
솥뚜껑 열기 5분 전에 소리치던

"개판 오 분 전開板五分前이오~!
개판 오 분 전!"

끼니를 때우기 어렵던 시절
하루 한 끼라도 먹기 위해
급식소로 모여들던
피난민들의 아우성이 아직 선한데

오늘도 여전히
무료급식소에
전기밥솥 여는 오 분 전이
다가온다

난중일기卵中日記

집요하게 증식된 코로나의 대창궐로
바깥세상이 온통 난리법석이다

내 시는 치열한 쇄신을 위해
부화하지 못하고
알ZIP 속에 칩거하고 있다

알은 둥긇을 지향한다
둥글다는 것은 원만함이다
한편으로는
현실 안주의 폐쇄성을 함유한 공간이다

태아가 자궁으로부터
세상으로 진출하기 위해
디테일한 전략을 준비하듯이
알은
나의 존재를 드러내기 전에
마음을 가다듬는 리허설의 공간이다

나의 시는
유기농 달걀의 품속에서
탈각할 틈을 노리며
숙성의 시간을 가질 필요가 있다
난해한 세상에도
멸종하지 않는 사랑이 있다는 확신이 설 때까지
세상이 나에게 보여줄 버전을 예측하며
좀 더 완강하게
시간을 벌어야 한다

나이테

삶에는 추진력만 능사가 아닌 것을
세상과의 불화를
능률적으로 다스리며
의연히 밀고 당기다 팽팽해진 동심원

원심력을 이겨내며 안으로 단련하고
세파에 적응하고
고단한 발품도 팔며
소중히 다잡아가는 또 하나의 연륜

우리가 그려가는 세상사, 인간사를
잊을 것은 놓아주고
남길 것은 간직하면
시련에 영화를 섞어 피어나는 이력서

여름나기

그해 여름

말매미들이 짝을 찾아
악을 쓰며 날아오를 때

2.5g 탁구공 하나에
한 줌 가파른 희망의 날개를 달고
예리한 칼끝에 가슴 졸이며
허공으로 꼬리춤을 추는 화살촉에
고래고래 고함을 지르며
숨막히는 폭염 터널을 지나왔다

그 길고 길었던 열대야를
삐약이와 함께
이열치열
하얗게 불태웠다

체면도 부끄럼도 잊어버리고
밤새

절규인지, 환호인지
소름 끼치는 감동 하나로
충분했었다

누수의 달인

달인은
왕진 온 의사처럼
집안 구석구석
진료를 시작한다

누수 탐지기의 청진판을 바닥에 대고
보이지 않는 세계의
진단이 끝난 처방은 명료하다
미세한 누수의 흔적은
감쪽같이 차단되고
실낱같은 소통의 틈새도
순식간에 폐쇄된다

우리가 꿈꾸는 세상은
늘
한 치의 물샐 틈도 허용하지 않는
완벽의 세계,
의뢰인이 원하던 밀폐 같은 것이지만
지금 종요로운 것은

저곳에 적체된 어혈에 대해 이해하는 일
어두운 곳을 관철하여
밝음과 한통속이 되게 하는 것

이제
누수 탐지의 달인은
꽉 막힌 옹벽의 울화통을
꿰뚫고 읽어내는 내시경의 마음으로
뒤틀린 두 세상을 내통하게 해야 한다

알뜰하게 물샐 틈을 만들어
불통을 와해시키는
누수의 달인이 되어야 한다

낙화 4

지워진 꽃의 기록에 대해
포렌식* 하고 싶다

구차하게 기다려야 할 것인가,
당당히 몸을 날릴 것인가,
거취 표명은
너무 길게 고민하지 말 것
결정장애에 빠지지 말 것

고달팠던 유기농의 행적에 대한
증거는 인멸될 수도
보존할 수도 있지만
그의 생애에는
단호한 출구전략이 필요하다

두 번의 아찔한 퇴장
낙화와 낙과 사이,
그에게서
우아한 결단력이 느껴진다

* 포렌식forensic : 삭제된 디지털 기록을 복원하고 분석하는 기술.

낙화는 사랑의 와해가 아니므로

더 이상의 중언부언으로

낙하落下의 전율감을 훼손할 수는 없다

호모 마스쿠스

마스크, 복면가왕

세상이 혼란에 빠졌다

우리는 마스크를 구해야 한다
마스크가 괴로워한다
마스크
마스크를 공경해야 한다
마스크 데스크 플라스크 디스크 키오스크
약국 앞에서 기다리는
마스크의 배급엔 리스크가 있다
마스크 마크스 크마스 크스마 스마크 스크마 스스크 스마
마 스크크 크마마

마스크 5부제
모스크 거리엔, 약국엔, 마트엔, 동사무소엔,
세상엔
마스크가 없다
맛,스크는 동이 났다

마슥으 마슥흐

크크크 마르크스

마르코스 크크크

마크스

5부제 2부제 대기열 줄서기, 줄 세우기

세상이 한 번씩
뒤죽박죽인 것이 다행이다

낙화 5

삶을 꽃피운다는 건
한순간을 위해
속을 내보인다는 것

꽃은 상당 기간
자신만의 세계를 구축하였다

책임에 대해
어깨가 좀 무겁지만
멀리 내다보면
마음이 홀가분해 진다

잠시라도
자신의 미래를 생각한다면
지혜로운 처신을 하게 된다

모로코 기행

팍팍한 세상,
사하라의 모래바람을 헤치고 걸어온
추억 덕분에
가죽 한 조각을 샀다

사막에서의 삶이 그리워지는 듯
묵은 생각을 꺼내
오래도록 반추할 때
낙타의 표정은 노을처럼
내 허리에 걸려있다

모로코의 어느 골목에서
무두질 당하며
질긴 몸을 담금질하던
단봉낙타는
등줄기에 소장한 봉우리 때문에
물건을 적재하지도
나를 태우지도 못하지만
눈 속에 각인된 소박한 순종과

혹 안에 축적된 경륜을 바탕으로
슬픔을 다스린다

요즘
내 몸속에
낙타 한 마리 들어 와 산다

묘한 일

인간의 처세 중에
이리도 야박하고 몰인정한 것이
묘수로 인정받을 수 있다는 것,
그것참
기묘하다

이곳에서는
들키지 않아야 하는
마음이 있으니
'절대' 배려 없음과 '일절' 양보하지 않는 것이
최대의 미덕이다

어깨 짚다 모자 씌우다 들여다보다 연결을 강요하다 압박
하다 뻗다 치받다 치중置中하다 반발하다 집다 씌워가다 찌
르다 벌리다 먹여치다 끊다 차단하다 조여가다 젖히다 꼬부
리다 누르다

이 치사한 재료들을 절묘하게 얽고 엮어
궁즉통의 길을 열어가는 것은

수담手談만이 달성할 수 있는
묘미
최대한 교묘한 방법으로 남을 괴롭히고
극도의 적개심을 가지나
상대를 말살하거나 궤멸시키지 않고
인생길의 도반으로 여기는
오묘한 저의가 필요하다

그래,
죽었다가도 살아나는 신묘함은
바둑이 유일하니
종요로운 반半집마저
살뜰히 챙겨야 하는
미묘한 순간에도
버릴 돌은 버리고
지을 집은 견고히 하는
경묘輕妙한 행마법이 요구된다

안부

머슴같이 일하는
유순한 소들
서너 마리씩 모여 살던
고향 집 외양간
생각난다

아버지,
바지게에 쇠꼴을 베어오시고
가마솥에 소죽도 끓이시며
소를 조상님처럼 섬기던 시절

나도 여름방학이 오면
소 뜯기러 뒷산에 오르곤 했지만
도회지 생활하며
아버지께 전화할 때마다

"소는 잘 있니껴?"
"지난번에 소 인공수정은 잘 되었니껴?"
"송아지는 잘 자라니껴?"

아버지 문안보다
소의 안부를 먼저 물었던 때가 있다

당신 돌아가신 지 오래
이제 전화 받으시면 여쭤보고 싶다

"아부지요, 하늘나라에 잘 계시니껴?"

동백, 지다 5

저 꼿꼿한!
환멸의 미학

점점 따가워 오는 그늘 아래에서
포커페이스를 유지하고 있는
철부지 존엄

기울어진 그의 어깨에서
삶의 무게가
느껴진다

가끔
체력 안배가 필요하다

지나친 관심

많은 분이 내게
많은 관심을 보여주었다

안동권씨 양반이
힘든 일은 하인들한테 맡기고
점잖게 살아야지,
왜 그리 헉헉대며
무리하게 산에 오르는가?

사진 촬영을 잘하지도 못하는 것 같은데
시간만 나면 카메라 메고
자주 나다니는 것 같다

되게 착한 사람인 줄 알았는데
미성년자 관람 불가 영화를 보다니…

자네는 순수한 교육자이고
더군다나 시인인데
골프나 치고 다녀서 되겠는가?

귀농한 초보 농사꾼 같은 내가
길가 밭에서 고추를 재배할 때처럼
이말 저말 들어도
용케 귀를 막고
용감하게 살아가고 있구나

낙타

온종일
사투리만 쓰는 사람을 본 적이
있다
구부정한 몸에
어정쩡한 자세로
침을 테엑텍! 뱉는 사람
오늘도 잽을 넣듯이 마구
긴 목을
흔들어 댄다

속눈썹이 긴 그는
깊은 전략이 있는 듯
삶을 성찰할 때마다
의미심장한 눈동자 너머에
굵고도 슬픈 그림자
포물선처럼 뻗어있다

낙타는 늘
생각이 많아

꼰대로 오해받기
십상이다

동백, 지다 6

꽃이 피어나면서부터
이곳에는 말이 많아졌다

낙화는
세상에 대해 천명하는 시간
선언문 낭독은 대체로 비장하다

슬픔을 어떻게 설계되었나?
결별 선언
사퇴 선언
탈당 선언
은퇴 선언
양심 선언
폭탄 선언

선언이 난무하는 지상에서
과거를 돌아보는 일은
내일을 계획하는 데에
참고가 된다

꽃망울을 터뜨리는 환희를 만끽하며
전성기에 무대를 떠나겠다는
작심 발언에
마음이 울컥한다

버거운 사랑

아버지,
업보인 듯
등짐인 듯
흔쾌히 어부바하고 다니시네

그에게는 천부적 돌봄이 있어
무작정 짐이었던 자식이
부화하여 힘이 될 때까지
당당하게 힘겨워할 것
시달릴 것
꿋꿋하게 버텨 볼 것

허리 한 번 펴 보니
쇠똥구리는 가족을 위해
무거운 꿈을 굴리고
가시고기는 새끼들을 위해
육신을 버리는데
세상의 부귀영화가
이보다 더 고귀할 수 있는가

오늘따라
힘겨운 사랑을 짊어진 세상살이가
너무 가볍구나

물자라는
마음껏
어깨를 으쓱하네

지속과 정체를 횡단하는 일원론적인 지혜

권성훈 (문학평론가, 경기대 교수)

이 세상 만물 중에 제 목소리로 경전을
외지 않는 것이 어디 있으랴.
— 「돈오頓悟」 중에서

1.

모든 지혜는 체험과 결부된 직관적 지성으로부터 오는 깨
달음이다. 인간의 본성상 가장 영예로운 지혜는 자신의 이
익과 인간적인 쾌락을 넘어선다. 오랫동안 인류에게 중요한
가치로 여겨왔던 지혜를 신으로부터 찾으려 했던 것은, 그
만큼의 고귀한 정신을 가지기 때문이다. 이런 지혜는 고대
신화와 과거의 전설로 유전되며 지식과 경험을 통해 '자신을
교화하고' 교훈을 주려고 했던 것. 거기에 인간의 도덕적이
고 윤리적인 욕구를 충족시키는 것으로 지적인 지혜가 발견
되며 여전히 유용하게 작동한다. 문학의 속성 역시 본질적

으로 창작자의 체험을 넘어서 초월과 위반을 통해 도달하고
자 하는 것이 지혜인 것. 따라서 문학은 현실 안에서 사유할
수 있는 지혜를 가르치려고 하는 정신 작용의 산물로 나타
나기도 한다.

시인에게 지혜는 우주라는 "대자연의 가르침을 정취"하는
가운데 존재의 가치를 소환하여 참된 인식을 세계에 방출하
는 데 있다. 물론 "사시사철 거침없는 저 햇살과 바람 소리"
를 보고 느끼는 감각에 머물러서는 '삼라만상의 소리'를 들
을 수는 있지만 지각할 수 없다. 세계에 대한 존재 이해를 바
탕으로 깨달음이 선행되어야 보편적인 사유 체계를 가질 수
있는 것. 궁극적으로 존재의 원리나 본질을 추구할 때 그것
을 방해하고 있는 미혹을 사라지게 할 수 있는 것. 이같이 인
간과 사물에 대한 현상을 깊이 있게 파고들며 고도로 천착
하지 않고서는 생겨날 수 없는 것이 지혜다.

한편 지혜를 명료화하는 시인은 행간에서 공간과 시간을
넘나들며 존재 방식을 새롭게 구성하려고 한다. 그것은 시
간 속에서 존재의 근거를 지속(repetition) 가능한 동적 체계로
보고, 공간적으로 존재의 근거를 식별 가능한 정체(identity)
로서 정적 체계로 환원된다. 존재의 지속적인 시간 속에서
변화하는 물질세계를 사유하는 시인은 현상계에서 보편적
가치를 추출한다. 이로써 동적인 것에 내재된 정적인 것을
돌출하기 위해 "한 걸음 한 걸음/세상과의 공감대를 형성하
려 안간힘을"(「길 위의 자서전」) 쓰는 것이 시인이다. 「독보적」

으로 본다면 행간의 "걸음걸이 하나 걸작"이기를 바라는 시인은 자신이 가진 언어적 법칙을 통해 세계를 들여다본다. 여기서 걸음은 동적인 것이 되고, 걸작은 '하나의 생애일 수' 밖에 없는 자신의 삶을 내건 정적인 것에서 비롯된다. 그렇다면 "늘 실험적이고/한 걸음 한 걸음이 바로" 시가 되었으면 하는 것이 시인의 기대로서 설정된 목표이다. 이런 언어의 "독특한 발걸음마다" 진부함을 걷어내고 신선함을 드러낼 수 있는 원동력이 되는 것이다.

이번 권영해 시인의 시집 「나무늘보의 독보」는 자신의 '늘 확고한 소신'을 '나무늘보의 걸음'으로 현시한다. 이때 나무늘보는 역설적으로 나타나며 그것은 "심사숙고하는 관습에 얽매여/세상을 깊이 이해하고 있다고 여기는 것"에서 그동안 살아온 자신의 지혜를 현출하는 것. 그의 소신은 그가 살아온 삶의 방식으로 "속도를 버리고 방향 하나로" 가는 데 있다. 시인에게 빠름에 길들여진 속도는 무가치한 것이지만 목적을 가진 이상 그 방향은 "우주의 모든 것과 내통"하는 것으로 본질적인 것이 된다. 이에 아이러니하게도 '나무늘보'로부터 "홀로 걸어가도 외롭지 않은 것"이라는 고독의 고요함을 현상하며 속도가 아닌 깊이로서 세계를 성찰한다. 그것도 "무한히 펼쳐지던 시간과 공간의 기억"(「공책의 전설」)을 통해 일깨우는 찰나의 깨달음처럼 그것이 본질에 가까이 갈 때 그 언어는 시적 언어로서 활성화된다. 이때 대상은 「쇠똥구리 5」처럼 "우리가 무심코 파양한 것들을 수거하여" 그 속에 존재하는 "어둠을 더듬어 뜨거운 눈물을 캐내는" 것, "둥글둥글 쇠를 말면서/순례자처럼 세상을 주유"하는 개별자로 표상되며 거기서 언어는 의미의 운반자로서 기능한다. 우리의 문학이 현실을 떠나서 존재할 수 없는 것처럼 동시에 현실에 상상력이 예속되어서는 안 된다는 사실 또한 알게 된다.

2.

이처럼 시인은 순례자처럼 천천히 세계를 운행하는데 그것은 자신의 경험이 몸속 뼈가 닿는 부분까지 침투해 있는 힘에의 작용이다. 이 힘에의 작용은 세파로부터 유입된 것으로 다시 "세파를 견디는 힘은 뼈로부터 나오고/이 세상 모든 맛도/뼛속 깊이 스며 있다"는 축적과 참회가 생성해낸 '골밀도의 통찰'로서 새겨진다. 마치 시인의 독보는 그의 시에서 세상의 "등짐 벗어던지고/더듬이 덜렁거리며/제 갈 길" 가고 있는 「민달팽이」와 같이 '무덤덤'한 지혜를 가진 현자의 타법이 아닐 수 없다. "현자의 지혜는 단순히 나이를 먹으면서 축적한 지식과 기술, 학자적인 경험에 그치는 것이 아니다. 그 위에 판단 능력과 문제 해결에 적용되는 미덕과 가치, 그리고 통찰이 더해진 것이다."* 무덤덤하게 언술하는 권영해의 시편들에서 현자의 지혜가 돋보이며 시인만이 가진 지

---

* 마크 아그로닌, 『노인은 없다』, 신동숙 역, 한스 미디어, 2019, 92쪽.

적 능력과 감성적 에너지가 발휘되고 있다. 이 지적 능력은 전체를 부분으로 통찰하며 감성적 에너지는 대상의 정서를 포획하는 데 바쳐진다. 마치 회귀하는 수백만 마리의 연어에서 한 마리만이 스스로를 완전히 표상할 수 있는 것같이. 그것은 「강, 연어가 되다」와 같이 삶이라는 "파도의 결을 따라/아가미로부터 지느러미까지/베링해의 노을빛에 물든/연어의 붉은 근육"에서 보이듯 모든 연어를 말하지 않아도 한 마리 연어만으로도 "돌아온다는 것은/애초의 마음"임을, "퍼덕임 하나로/어머니의 품을 파고드는" 이치임을 알게 되는 것이다.

이같이 시간과 공간의 다양화는 다양성이라는 관점으로 인식하고 분열된 존재들 속에서 선택된 하나의 개체를 통해 미적 체험이 생겨난다. 이것은 주관적인 것이지만 모든 존재를 하나로 표상하는데 있어서 말하자면 주체의 객체들로 파악된다. 그에게 시적 모든 존재들은 고유 주체들서 이원론적인 것이 아니라 일원론적으로 통한다. 그것도 "뜨거운 다짐으로"(「읍천항에서」) "견딤과 기다림을 함유한 가슴앓이" 속에서 "심장을 담금질하는" 객체들을 주체화시키는 것. 이같은 주제들을 표상하는 그의 시는 선천적으로 결합과 확장 사이에 서로 놓여 있는 주체로서 존재들에게 향해있다. 그럼으로써 세계를 이루는 존재에 대한 삶의 본질을 현출하면서 "인생에 뿌리가 되는 말들"(「봄은 경력사원 14」)로 채워져 있다. 이 가운데 삶의 가치를 "하찮은 시 한 구절이/누군가의

가슴 한구석에/떨림을 준다면 다행이지"(「2024, 광수 생각」) 일
깨워주는 인식을 통해 윤리적 세계로 나가는 인문 정신을
지향한다.

길에는 이유가 없고
마음에는 까닭이 없다

무념무상
모든 욕망이 사라지는 곳
히말라야

세상은 속이 깊어
끝도 시작도
크기도 없는
무변광대한 심연

타르초,
타르초 흔들리고
오체투지로 세상을 굴릴 때
바람은 경전을 읽고
티베트는 옛날처럼 고여 있다

마음은 비우고 몸은 낮춰
높은 곳
샹그릴라에 오른 수행자
너덜너덜해진 가죽 앞치마 바투 여미고

석 달 열흘 누벼온 길 위에

펄럭이는 마음

얹어놓는다

―「쇠똥구리 1」 전문

히말라야가 펼쳐져 있는 티베트는 순례길에 오른 수행자
들을 흔히 볼 수 있는 곳이다. 시인은 이곳에서 '무념무상'의
상태에 돌입하며 자신의 욕망을 내려놓는다. 이 욕망은 대
상에 대한 물적 집착이나 정신적 바람이 사라진 것으로 자
신의 내면에 침잠하는 것이다. "길에는 이유가 없고/마음에
는 까닭이 없다"라는 시인의 깨달음을 있게 한 것은 바로 티
베트라는 공간으로 "세상은 속이 깊어/끝도 시작도/크기도
없는/무변광대한 심연"을 나타낸다. 이 같은 광활한 공간에
서 시인이 찾아낸 것은 '타르초'라는 깃발로서 이 깃발은 무
수한 사물들의 객체 속에서 주체화시킨 고유의 표상이 된다.

그는 티베트 불교에서 경전을 기록한 오색 깃발인 타르초
가 허공에 흔들리는 것을, 온몸으로 자신을 깨우는 오체투
지의 형상으로 각인시킨다. 또한 티베트에서 "마음은 비우
고 몸은 낮춰/높은 곳/샹그릴라"를 오르고 있는 전설의 땅
지상낙원을 상상하게 만든다. 이것은 수행자들의 심상을 '펄
럭이는 마음'으로 비유하면서 낮아져야만 높은 곳까지 오를
수 있는 존재적 깨달음에 돌입하게 해 준다. 여기서 시인의
깨달음이 지혜로 이어지는 것으로 "자기성찰의 시간을 확보

하고/내일에 대처하는/처세의 로드맵"(「독보적 5」)이 되는 것을 시사한다.

3.

별을 관측하기 위해
고비사막으로 내달렸다

외몽골에는
통신이 원활하다

세상 소식으로 번잡한 인터넷보다
우주로의 유니버넷이 잘 터지는
자작나무 숲이나
게르와 게르 사이에서는
발품을 팔아 직접 기별하면 된다

울란바토르의 밤하늘과 교신하는 동안
모든 감정을
별과의 소통 하나에 집중할 수 있다

밤이 깊어갈수록
길잡이별과 국자별은
가을 귀뚜라미 눈처럼 초롱초롱해지고
마두금을 타는 소년이

휘파람 소리 같은 흐미*를 부를 때
마유주를 마시며
별을 사냥했다

아득히
바이칼호로부터
칭기즈칸 병사들 말발굽 소리가 들리고
부킹이 잘 된 별들은
날이 밝도록
몽골 초원의 지평선 위로
눈물 똥이 되어
느리게 떨어져 내렸다

 ─「별 사냥」전문

    때로는 모든 것을 내려놓고 문명화된 도시를 벗어날 때 온
전한 자신을 발견할 때도 있다. 그것은 자신의 세계에서 멀
리 떨어질수록 선명하게 빛나는 별처럼 자신을 마주하게 된
다. '고비사막'에서 "세상 소식으로 번잡한 인터넷보다/우주
로의 유니버넷이 잘 터지는" 상상을 하면서. "울란바토르의
밤하늘과 교신하는" 시인은 자신의 '모든 감정을 별과의 소
통에 집중'할 수 있다. 이 감정은 문명 속 물질화되고 객체
화되어 있는 욕망을 나타내는 것으로 별과의 송수신을 통해
자신을 들여다보는 것이다. 거기서 "밤이 깊어갈수록/길잡
이별"을 찾아가는 것처럼 "가을 귀뚜라미 눈처럼 초롱초롱
해지고" 있는 초원에서 '별을 사냥'하며 내면을 마주하고 있다.

이런 낭만적인 시인의 여유가 그냥 생겨난 것은 아니다. "젊음이 겁 없을 때는/부조리한 세상을 향해/치기 어린 돌을 던질 때도 있었"(『던지기탕』)던 것처럼. "좀 더 숙성된 시간이" 바로 지혜를 만들어 낸 것으로 사료된다. 이를테면 "세상이 우리를 던지든/우리가 세상 속으로 뛰어들든/다 같은 것"이라는 데 이는 세계를 자신과 모든 존재와 분리할 수 없는 일원론적 사유 방식이다. 나아가 "알량한 생각"조차도 "받아주고 어루만져주는" 삶에 대한 성찰에서 나온 지혜가 아닐 수 없다. 자기성찰로서 시인은 자신이 지나온 청춘을 통해 "열정만 있었는지/고뇌는 없었는지/굴욕도 많았는지"(『동백꽃 질 무렵』) 구체적으로 내면을 들여다보면서 회한을 보인다.

　　　낙화는 꽃이 떨어지는 것이다
　　　낙과는 과일이 떨어지는 것
　　　낙수는 물이 떨어지는 것
　　　낙조落照는 태양이 지는 것

　　　낙마는
　　　사람이 말에서 떨어지는 것
　　　하마평에 오른 자가
　　　공보다 과가 커서
　　　말이 등을 내어주지 않는 것이다

　　　서역의 유목민은

태어나서 말을 타면
죽어서야 말 등에서 내려온다고 하고
지난날 백락伯樂은
명마인지, 준마인지, 노마인지
말을 잘 알아보는 자였다

오늘날
말을 타서는 안 되는 자를
눈 밝은 백성들이 다 가려낸다

말에서 떨어진 자는
다시 말에 오르지 마라

　　　　　　　　　　　　─「낙마에 대하여」 전문

　시인은 다양한 형태들과 주어진 현상의 끊임없는 변화 속
에서 머물러 있는 본질적인 것을 바라보기도 한다. 거기서
삶에 대한 지혜는 변화하는 것에서 변하지 않는 존재의 움
직임을 포획하는데 낙화, 낙과, 낙수, 낙조 등의 떨어짐이 그
것이다. 꽃이 떨어져야 열매를 맺을 수 있고, 과일이 떨어
져야 과실을 얻을 수 있고, 물이 떨어져야 강과 바다로 흘러
갈 수 있고, 태양이 져야 달이 뜰 수 있다. 이는 자연의 법칙
이 거역할 수 없는 근원적인 이치인 반면, 인간 사회의 모순
도이 세계에 공존하며 존재한다. 이 모순은 정치적인 것으
로 "오늘날/말을 타서는 안 되는 자를" 가르친다. 그 옛날 서
역의 유목민들이 지혜로서 "명마인지, 준마인지, 노마인지/

말을 잘 알아보는 자"였던 것처럼 자질이 부족한 자들을 "눈 밝은 백성들이" 지혜로서 가려낸다. 말하자면 자연의 이치와 달리 사회적 섭리로서 "말에서 떨어진 자는/다시 말에 오르지 마라"라는 전언을 통해 시의성을 보여준다.

4.

시인이 가진 시의성은 현실을 견인하면서 거기서 발휘된 지혜를 송출하기도 한다. 만약 "세상이 이다지 좁다면/그렇게 서두르지 말걸"(「봄은 경력사원 23」)이라든가. "더 갈 수 없는 곳까지 왔으니/이쯤에서 성숙해져야 하지 않나"라고 하면서 "피어난 것들은 지나가고/보내야 할 것들은 놓아주자"라는 것이 그것이다. 이로써 권영해는 세계에 저항하지 않으면서 따듯한 시선으로 실존을 받아들인다. 다만 이것은 맹목적인 순응이 아니라 "산삼 뿌리보다 값진/제철 잠언을 배양하기 위해서"(「봄은 경력사원 14」) "인생에 뿌리가 되는 말들"을 수확하기 위해서다. 종국에는 "곱씹어 볼 만한 세상살이"라는 성찰은 세계를 인식하고 사물을 해독하는 밝은 혜안으로서 작용한다.

씨방 하나에는
춘하추동이 다 있다

꽃은 대승적 차원에서 최선을 다했다
피어나야 할 때와
피어있어야 할 때,
져야 할 때를 정확하게 표현한다

그의 존재 이유는
원숙미 넘치는 관록으로
능수능란을 자랑하는 것

설렘의 힘으로 봄은 왔지만
낙화는
의미심장하다

스스로 와해하지 않기 위해
개화의 힘을 몰아
낙하력落下力으로 변환하여
위치에너지를 폭발하고
다시 문명을 꽃피우기 위해
자신을 버린다

잠시 눈을 감으니
꽃 지는 명분은 비교적 쉽게 읽힌다
—「봄은 경력사원 17」 전문

　이 시편은 '씨방 하나에' 있는 '춘하추동'의 세계를 탐구하
면서 세계의 근원을 통찰하고 있다. 이 같은 통찰은 하나의

티끌에 온 세상이 담겨 있는 것으로 통하며 티끌이 곧 세계이며 우주라는 점을 시사한다. 게다가 "꽃은 대승적 차원에서 최선을 다했다"라는 불교적 사유를 소환하면서 '존재 이유'를 탄진하고 있다. 여기서 또한 '낙화'를 '의미심장'하다라고 말하면서 "스스로 와해하지 않기 위해/개화의 힘을 몰아/낙하력落下力으로 변환하여/위치에너지를 폭발하고/다시 문명을 꽃피우기 위해/자신을 버린다"로 나아간다. 이같은 버림은 버려지는 것이 아니라 다시 꽃피우기 위해 지는 꽃잎처럼 존재의 순환과 재생을 일컫는 대목이다.

　이것은 존재의 비밀을 불교의식을 통해 현출되는 것으로 존재하는 것은 버릴 것 하나 없으며 없어서는 안 되는 것들로 구성되어 있다. 그것은 속속들이 그 안에 생명이 임하고 있는바 '꽃 지는 명분' 또한 그것이 변하지만 변하지 않는 진리로서의 면면을 살피고 있다. 이같이 시공간 속에 편재하는 생명은 "상상한 것을 구현하기 위해/비눗방울처럼 몸을 터뜨리기도 하는(「꽃은 민,들레」) 가운데 생겨난다. 그것도 "일관성 있는 고집과 결부된/습관적 행위를 반복함으로써(「봄은 경력사원 11」) 자연과 세계에 현현하는 가운데 만유를 관통하는 힘의 원천이 된다.

　　피는 것도 지는 것도 하나의 고뇌거니
　　집착이나 해탈이나 종이 한 장 차이라며
　　온 힘을
　　다해 떨구네

불꽃보다 뜨거운 눈물

버리면 버릴수록 설레는가, 떨리는가
단호한 이별 통보에 소름이 쫙 끼치네
저토록
심금 울리는
상처는 또 하나의 장르!

— 「동백, 지다」 전문

그의 시편에서 자주 등장하는 유형으로 하강 이미지를 들수 있다. 여기서 '지는 것'은 본질적으로 '고뇌'를 건너가는 과정으로서의 아이러니하게도 생성이 된다. 그것도 "집착이나 해탈이나 종이 한 장 차이라"는 점을 강조한다. 이른바 집착과 해탈 모두가 선택과 배제라는 원리 속에서 생겨나며 그것이 '불꽃'처럼 타올랐을 때 현현될 수 있다. 마치 심금을 울리는 것은, 기쁨에서 생겨나지 않고 슬픔의 흔적인 상처에서 오는 것으로 "또 하나의 장르"를 생산할 수 있게 되는 것. 거기서 안으로 내공을 쌓고 있는 「나이테」와 같이 "원심력을 이겨내며 안으로 단련하고/세파에 적응하고/고단한 발품도 팔며/소중히 다잡아가는 또 하나의 연륜"으로서의 지혜를 말한다. 이런 측면에서 시인은 "우리가 그려가는 세상사, 인간사를/잊을 것은 놓아주고"라는 의연한 태도를 행간에 이식하게 된다.

이번 시집에서 권영해 시인은 자신과 세계와의 마주침 또는 마주함을 통해 영예로운 지혜를 산출하고 있다. 이는 인간적인 쾌락과 불쾌를 넘어 도덕적이고 윤리적인 측면을 강조하면서 가치있는 것을 찾으려고 하는 노력이 시적으로 유전된 것이다. 이럴 때 시인의 체험을 넘나들면서 보편적 인식에 도달할 수 있으며, 이는 특정 사물의 존재 방식을 통해 다수 존재 방식을 환유하면서 구성된다. 물론 현상계의 시공간을 하나의 '詩방'(「시詩답잖은 이야기」)으로 파악하면서 세계의 구석에서 존재의 구석으로 진입한다. 거기서 시인은 존재의 근거를 동적인 지속과 정적인 정체를 통해 횡단하며 "어두운 곳을 관철하여/밝음과 한통속이 되게 하는 것"(「누수의 달인」)으로 현상계의 "불통을 와해시키는" 일원론적인 지혜를 송출하고 있다.

권영해

1958년 경북 예천 출생. 대구고, 경북대학교 국문학과 졸업.
1997년『현대시문학』을 통해 김춘수 시인 추천으로 등단.
시집『유월에 대파꽃을 따다』(2001),『봄은 경력사원』(2013),『고래에게는 터미널이 없다』(2019).
현대청운고등학교 정년퇴임. 울산문인협회장 역임.
울산펜문학상, 울산광역시 문화예술 표창, 홍조근정훈장, 대한민국 예술문화공로상 등 수상.

서정시학 시인선 226
나무늘보의 독보

2024년 12월 6일 초판 1쇄 발행

지 은 이 · 권영해
펴 낸 이 · 최단아
편집교정 · 정우진
펴 낸 곳 · 도서출판 서정시학
인 쇄 소 · ㈜ 상지사
주 소 · 서울시 서초구 서초중앙로 18, 504호 (서초쌍용플래티넘)
전 화 · 02-928-7016
팩 스 · 02-922-7017
이 메 일 · lyricpoetics@gmail.com
출판등록 · 209-91-66271

ISBN 979-11-92580-50-0 03810

계좌번호: 국민 070101-04-072847 최단아(서정시학)
값 14,000원

 * 이 책은 울산광역시, 울산문화관광재단 '2024년 예술창작활동 지원사업'
   의 지원을 받아 발간되었습니다.
 * 잘못된 책은 바꾸어 드립니다.

서정시학 시인선